AF363763

29 TABLEAUX

PAR

M. le Chevalier A. de KNYFF

IMPRIMÉ PAR PILLET ET DUMOULIN
5, RUE DES GRANDS-AUGUSTINS, 5

—

Vendredi a eu lieu à l'hôtel Drouot — ainsi
que nous l'avions annoncé — la vente de vingt-
neuf tableaux peints par M. le chevalier A. de
Knyff.

Les enchères totales recueillies par Me Paul
Chevalier, assisté de M. Georges Petit, se sont
élevées à 23,635 fr.

Voici quelques-unes des principales adjudi-
cations :

La Bruyère en fleurs, 2,400 fr.

Les Prairies de Lagrange, 1,500 fr.

L'Embouchure de la Meuse, 1,460 fr.

Le Clos de la Ferme, 1,350 fr.

Le Village de Charlepont, 1,450 fr.

Les Plaines de la Brie, 980 fr.

Bœuf (étude), 920 fr.

CATALOGUE

DE

29 TABLEAUX

IMPRIMÉ PAR PILLET ET DUMOULIN

5, RUE DES GRANDS-AUGUSTINS, A PARIS.

CATALOGUE

DE

29 TABLEAUX

PAR

M. le Chevalier A. de KNYFF

VENTE HOTEL DROUOT, SALLE N° 8

Le Vendredi 10 Mars 1882

A TROIS HEURES

COMMISSAIRE-PRISEUR

Me PAUL CHEVALLIER, Succ^r de M^e CH. PILLET

10, rue de la Grange-Batelière

EXPERT : M. G. PETIT, 7, rue Saint-Georges..

Chez lesquels se trouve le présent Catalogue.

EXPOSITIONS

PARTICULIÈRE	PUBLIQUE
Le Mercredi 8 Mars 1882	*Le Jeudi 9 Mars 1882*

De une heure à cinq heures.

CONDITIONS DE LA VENTE

La vente sera faite au comptant.

Les acquéreurs payeront cinq pour cent en sus des enchères applicables aux frais.

DÉSIGNATION

---

1 — La Bruyère en fleurs.

H. 1. 30. L. 2.

2 — L'Embouchure de la Meuse.

H. 93. L. 1 30.

3 — Plage à Grandville.

H. 65. L. 1.

4 — Les Prairies de Lagrange.

H. 82. L. 60.

5 — Le vieux Chêne.

H. 82. L. 60.

6 — Le Clos de la Ferme.

H. 63. L. 88.

7 — Les Plaines de la Brie.

H. 50. L. 1.

8 — Bœuf, étude.

H. 45. L. 65.

9 — Bœuf, étude.

H. 45. L. 65.

10 — Le Village de Charlepont.

H. 42. L. 56.

11 — Près du Ruisseau.

H. 15. L. 23

12 — Beau temps.

H. 32. L. 40.

13 — Le Bouleau.

H. 40. L. 32.

14 — Coin du bois de Lagrange.

H. 32. L. 40.

15 — Après l'orage.

H. 32. L. 40.

16 — Bœuf blanc couché.

H. 32. L. 40.

17 — Prairie à Neumoulin.

H. 32. L. 40.

18 — La Rosée.

H. 27. L 40.

19 — La Nuit.

H. 32. L. 40.

20 — Pont-l'Evêque.

H. 27. L. 40.

21 — Un Temps gris.

H. 32. L. 40.

22 — Pâturage en Normandie

H. 27. L. 40.

23 — La Vapeur du matin.

H. 33. L. 40.

24 — La Prairie roussie.

H. 27. L. 40.

25 — L'Automne.

H. 27. L. 32.

26 — Le Troupeau de Mortefontaine.

H. 16. L. 24.

27 — Un Bœuf.

H. 75. L. 17.

28 — Le Solitaire.

H. 14. L. 24.

29 — Bœuf et Poules

H. 9. L. 12

RED. :

15

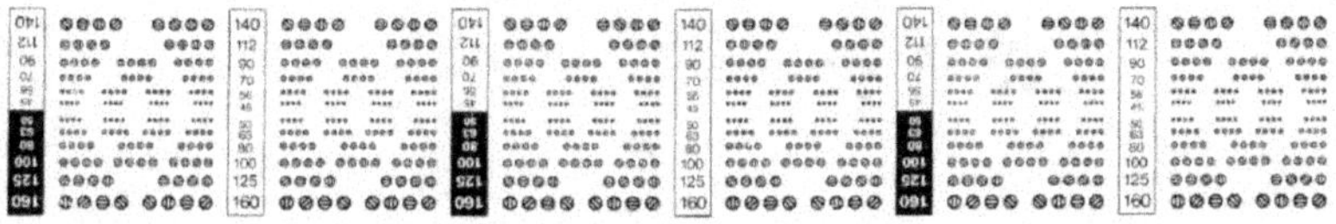

379.88.70
graphicom

0 1 2 3 4 5 6 7 8 9 10

BIBLIOTHEQUE NATIONALE DE FRANCE

****

CHATEAU DE SABLE

1996